초록이가 사는 텃밭

동시향기 13

초록이가 사는 텃밭

1판 1쇄 인쇄ㅣ2024년 11월 29일
1판 1쇄 발행ㅣ2024년 12월 5일

지은이ㅣ정혜진
그린이ㅣ이선주
펴낸이ㅣ이상배
펴낸곳ㅣ좋은꿈
디자인ㅣ김수연

등록ㅣ제396-2005-000060
주소ㅣ경기도 고양시 일산동구 장백로 26, 103동 508호
　　　(백석동, 동문굿모닝힐 1차) (우)10449
전화ㅣ031-903-7684 팩스ㅣ031-813-7683
전자우편ㅣleebook77@hanmail.net

ⓒ 정혜진, 이선주, 좋은꿈 2024

ISBN 979-11-91984-59-0　73810

블로그·네이버ㅣblog.naver.com/leebook77ㅣ인스타그램·leebooks77

＊좋은꿈-통권 108-2024-제10권

어린이제품안전특별법에 의한 제품 표시

제조자명 좋은꿈 ｜ **제조년월** 2024년 12월 ｜ **제조국** 대한민국 ｜ **사용연령** 8세 이상

동시로 쓴 농사 일기

초록이가 사는 텃밭

정혜진 지음 | 이선주 그림

좋은꿈

초록이와 행복한 365일

시골에서 태어나 농사짓는

엄마를 도우며 자랐습니다.

집을 떠나 상급 학교를 다니고

직장 생활을 할 때도 자연과 함께

살았던 어린 시절이 늘 그리웠습니다.

그래서였을까요?

직장에서 벗어나던 해에

꿈이 이루어졌습니다.

농사일을 다시 하면서

텃밭을 가꾸게 된 것입니다.

거의 날마다 텃밭에 나가

초록이를 만났습니다.

주인 발소리에 귀를 여는

초록이들은 사랑해 준 만큼

기쁨을 나눠 주었습니다.

철따라 변하는 모습과

체험활동을 통해 얻은 뿌듯함을

동시에 담았습니다.

고맙고 감사한 마음도

함께 담아 넣었습니다.

이 동시집을 만나는 어린이들이

아름다운 자연과 친구가 되어

많은 이야기를 나누고

더불어 행복하면 좋겠습니다.

2024년 지은이

정 혜 진

차 례

1부
초록이가 데리고 온 봄

2부
물장구치고 있는 여름

3부
색깔 놀이 즐기는 가을

4부
얼음땡 꽁꽁이 겨울

1부
초록이가 데리고 온 봄

다들 잘 왔는데

겨울이
헤어지기 아쉬워
봄을 데려다 놓고 갔다

지금 막
문지방 넘어온 식구들

복수초
매화
산수유
냉이
달래

다들 잘 왔는데

수선화
개나리
……

아직도

눈에 안 띈 가족 있어서
조금 더 느긋하게 기다려야겠다.

봄맞이

꽃샘바람 속에 숨어서
살짝 찾아온 봄소식
농부 손길이 바빠진다

−주인님, 빨리 오세요
발걸음만 기다리고 있는 밭두둑

흙 파고 골라서
씨앗 뿌릴 계획표대로
많고 많은 봄맞이 준비하느라
하루해가 너무 짧다.

봄을 데리고 온 대한이

24절기 중 가장 추운 대한이
입춘 손 잡아끌어
텃밭으로 데려왔다

뒷산 곳곳에서
긴 겨울방학 마친 봄

기다리고 있던 땅속 새싹들
쭈뼛쭈뼛 내다보며
벙글벙글 함박웃음 머금었다.

냉이

겨울이 배턴 터치도 안 했는데
봄 오는 길
첫 마중 나가고 싶어서
살짝 실눈 뜨고 내다본다

-너무 추워서 안 돼
-그래도 나갈래요

땅속 흙 엄마 깜짝 놀라 말리는데
갈색 손 들고 나온다.

모종 심기

봄꽃 피는 4월
텃밭으로 이사 온 모종들
크기도 모양도 다르지만
뿌리내려 살 곳
어렵게 찾아온 채소들

-그래, 잘 왔어

너그럽게 반기며
집 내어 준 텃밭

다독다독 심고 있는 손끝에서
꿈틀거린 초록 이파리
웃음소리가 들린다.

쭉쭉이

씨앗 열어 눈을 뜬 초록이
흙집 뚫고 나와
쭈―욱 쭉
기지개 켠다

하루가 다르게
키 늘려 가면서
줄기 따라 생긴 매듭
마디마디 새잎 불러내어
초록 깃발 매달아 놓는다

어느새
눈 마주친 쭉쭉이
들여다볼수록 예쁘다.

입학식

나무 학교 입학식 날

유치원에 들어온 유자나무
초등학교에 입학한 초롱꽃
중학생이 된 중머리나무
고등학교에 들어온 고욤나무
대학교에 합격한 대나무

첫날 맞이한 호기심에
콩닥콩닥 두근두근
두리번두리번

학교 정원 교실 찾아간 나무들
번호대로 제자리 잡고 앉았다.

아직은 일러

푸석푸석 얼어 있는 텃밭

햇볕 맞이 양지쪽에서
삐죽삐죽
고개 내민 봄나물

제일 먼저
녹색 깃발 펼쳐 보이고 싶어서
동동동, 서두르지만

아직은
달력 첫 장도 넘겨지지 않았는걸.

방풍나물

이른 봄

쫑긋
귀 세우고 일어나
텃밭 의자 차지한 방풍나물
진한 향기 내보낸다

상큼한 봄맞이 반긴 농부
잠시 발걸음 멈추고
살짝 허리 구부려
향기 나물 바구니에 담는다.

텃밭에서 피워 낸 사랑 꽃

직장 다닌 엄마 아빠
돌봄 시간 얻지 못해서
할머니 산골 집 찾아온 아기

나뭇가지에 열려 있는 새소리
미끄럼 타고 노는 토끼들
마당 차지한 멍멍이

놀이 친구 따라다니며
서툰 발자국 콕콕콕 찍고 다닌다

텃밭에서 자라고 있는 초록이
만져 보고 들여다본 아기

자연에서 배운 예쁜 사랑
웃음꽃으로 피어난다.

징검돌

텃밭 두둑에 심은
배추 모종 일곱 포기

눈치 살피며
조심조심 찾아온 방아깨비

폴짝폴짝
건너뛰기 신이 났다

배추 모종 징검돌
어느새 놀이 친구 되었다.

모둠으로 크는 나무들

잠에서 깨어난 나무들은
뿌리, 줄기, 이파리
한 모둠으로 뜀뛰기 한다

게으름 파고들 틈
내어 주지 않으려고
해님이 보내 준 시간표대로
새소리 바람 소리하고도 어울린다

가끔은
쉬는 시간 만들어 준 구름
그늘막 아래에서
살짝 낮잠 한숨 자기도 하지만

한 모둠으로 크고 있는
텃밭 정원 나무들

언제나 하나 된 발걸음
숨소리 장단 맞추어
쑥쑥 쑥 키를 늘린다.

가르마

할 일이 많은 해님
으뜸으로 꼽는 1순위는
이른 봄부터
가장 공평하게
가르마 타는 일이다

아침과 저녁
오전과 오후

텃밭 두둑 이쪽저쪽
어느 한쪽으로도
기울어짐 없이
밝은 빛줄기
정확하게 나누어 준다.

햇볕 꽃

호수 위에
반짝반짝 피워 낸
햇볕 꽃

방글방글
갓난아기 눈웃음이다.

넝쿨손

한 땀
한 땀

뜨개질하는 엄마
코바늘 꿰어 가듯이
차근차근
넝쿨 뻗어 가는 더덕 줄기

손끝에서 내려보낸
연결음 소리
온몸 타고 돌면서
흙 속에 자리 잡은 뿌리
향기롭게 키워 낸다.

초록이가 데리고 온 봄

너
꼼지락거리는 거 다 봤어

기웃기웃
얼굴 내민 풀 찾아내
졸랑졸랑 데리고 나온 초록이

봄은
텃밭 구석구석에서부터
몰래 살짝
슬그머니 일어선다.

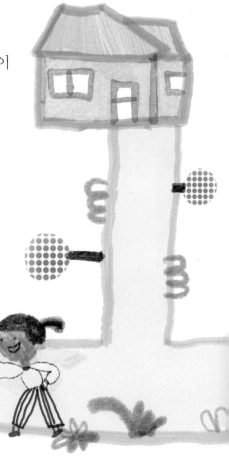

2부
물장구치고 있는 여름

수영 놀이

휘저어 풀어 놓은 달걀
프라이팬에 부었다

동그랗게 펼쳐진 수영장

잘게 썬 쪽파가 동 동 동
텃밭에서 외출 나와
재미나게 헤엄치고 있다.

콩나물

텃밭 벗어난 콩
어둠 속에 갇혔다

"걱정하지 마.
단번에 뛰어오를 수 있는
기회가 올 거야."

꿀꺽
물 한 모금 마시고 나서
통 통 통
있는 힘껏 꽁지발로 일어섰다

"어서 머리 디밀어 봐."
발바닥에 달아 놓은 잔뿌리
큰 소리로 외친다

매끈한 줄기 곧게 세우며
텃밭 흙에서 얻은 힘
순식간에 쏟아 내
단숨에 쑥 키를 뽑아 올린다.

방울이

빨갛게 익은 방울이
딸랑딸랑
눈 맞추며 손짓한다

초록 잎이 가로막아도
먹음직스럽게 모습 드러낸
송알송알 방울토마토

손 내밀어
악수 인사 먼저 하고 나서
입안으로 쏘옥
맛 자랑에 빠져든다.

꼬투리 편지

떡잎 조각 사이에서
초록 이파리 달고 나와
통통한 몸통 늘리고 있는 완두콩

넝쿨손 연결 고리로
장식 목걸이처럼 피워 낸 꽃 편지

너도나도 고개 파묻어 읽어 낸
벌 나비 친구들

정성껏 보내 준 답장 받아
주렁주렁 매달아 놓은 꼬투리

알맹이 꼭꼭 채워
올록볼록 초록 세상 만들었다.

수염 자랑

지나가던 바람이
옥수숫대에 앉았다

−왜 그렇게 수염을 기르니?

−출입구 안 보이게 가려 줄 마스크거든

−문지기 수염이네

−그렇지
들쥐랑 새들이 몰래 다가와
잽싸게 쪼아 먹는 걸 막아 주고 있어

−대단한 수문장이구나.

여깄다

과녁 맞히기 놀이 하던 비비탄
텃밭 정원으로 튕겨 나갔다

두리번두리번

"여깄다!"

과꽃 속에 숨어 있는 걸
먼저 찾아낸 동생

활짝 웃는 얼굴이
불그레
분홍빛 과꽃이다.

참외

푸른 잎 그늘에
살짝 숨어 있는 노란 공

동글 넓적한
해 가림막 아래서
숨바꼭질하고 있다가
눈 마주친 순간
노란 웃음 까르르

아기 손에 잡혀
팔짝 둥둥
튕겨 나오고 있다.

접시꽃 의자

꽃밭 식구들
장기 자랑하는 날

백일홍
맨드라미
봉선화
달맞이꽃

오늘의 출연자다

심사 규정은 꿀맛 딱 한 가지

벌, 나비, 무당벌레, 수중다리꽃등에, 개미
심사위원들 향해
층층 층마다 화려하게 꾸민 의자
기꺼이 내어 준 접시꽃

누가 더 달콤 향긋할까?
마음 졸이며 기다리는 꽃들
발표까지 참아 내는 시간이 너무 길다.

족두리 꽃

왕할머니 결혼사진에서 본 족두리

신부 닮은 별꽃
반짝이 꽃잎 꽃술에
추억이 주렁주렁 매달려 있다

텃밭 정원에 피어 있는 족두리 꽃
수줍은 새색시 적 왕할머니
전통 혼례 올리던 소중한 기억
스멀스멀 살아난다

꽃을 보며
눈길 떼지 못한 왕할머니
사진 속 그날 찾아
더듬더듬 시간 여행 떠난다.

징검다리

가족은 아가의 징검다리

일하러 간 엄마 건너
할머니에게 안긴 아가

퇴근길 서둘러 달려온 아빠
건너 안은 아가
둥개둥개 보듬어 준다

일터에서 돌아온 엄마 품 찾아
다시 건너가는 아가

가족 사랑 포근한 품에서
아가는
생글생글 까르르
별처럼 큰다.

집라인 타기

공중 높이 떠 있는 출렁다리
쳐다보며
새처럼 날아오른 동생

날개는 없지만

두 발
두 팔로 매달려

우주 공간 향해 날아가는
멋진 비행사가 된다.

하늘 떠돌이 ·

잠시도 엉덩이 대고 앉아 있지 못한 구름
하늘 세상 곳곳 제 맘대로 여행하면서
하고 싶은 말 전하느라
시시때때로 옷을 갈아입는다

뭉게뭉게 하얀 솜털 옷
비단조개 새털 옷
강아지 닮은 회색 융단 털 옷
깜장 염소 먹물 털 옷

여름 낮 한나절
바람 친구 불러들여
우르르 쾅쾅 심술도 부리지만
풀 나무 꽃 채소 위해
촉촉한 단비 내려 준 구름

고맙고 예쁘다 칭찬도 들으면서
필요할 때마다 갈아입은 날개옷 걸치고
하늘 세상 곳곳 떠돌아다닌다.

이슬 발자국

별빛이 초롱초롱 반짝거린 날이면
어둠 타고 내려와
사뿐히 걸어 나온 이슬
은방울 발자국 촉촉하게 남긴다

풀잎 나뭇잎 크고 작은 열매들
목 축여 기운 내라고
논밭 두둑 곳곳 어디든지
토닥토닥 종 종 종

아침 해 떠올라
배턴 터치 주고받을 때까지
밤새껏 일하면서
촉촉한 발자국 남기고 다닌다.

삼삼이

우리 가족이 된 강아지
엄마 아빠 동생 대신이다

외할머니 댁에 나를 맡기던 날
강아지도 데려다 놓았다

졸졸 졸 따라다닌 삼삼이
꼬옥 끌어안으면
보고 싶은 가족 얼굴
삼삼하게 아른거린다.

땅바닥 집

아기 개미 고물고물
채송화 땅바닥 집에서
숨바꼭질하고 있다

활짝 열어 놓은
빨강 노랑 꽃잎 문 드나들며
숨을 곳 찾고 있는 아기 개미

꽃잎 문지방에
흙먼지 묻어난 발자국
다 보이는데

그것도 모르고
문지방 기웃기웃
숨을 곳 찾아 맴돌고 있다.

채소 따 오기 놀이

텃밭 놀이터에서
숫자에 맞게 채소 따 오기
게임을 한다

방울토마토 5개
상추 이파리 4개
오이 1개
가지는 2개

내가 먼저
오빠가 먼저

네 번씩이나 왔다 갔다
서둘러 달리는 동안

하하하 호호호

웃음소리가 제일 먼저
심판 점수 매기고 있다.

물장구치고 있는 여름

어느새
초록 이파리 쑥쑥
기운차게 올라온 텃밭

신이 난 여름이

장마에 고인 웅덩이 물에서
비단벌레
달팽이까지 불러내
찰방찰방
물장구친다.

3부
색깔 놀이 즐기는 가을

셋째는 어느 산 고개 넘고 있을까

산들바람 등에 업고
쉬엄쉬엄 걸어오고 있는 가을이

구름 기차 타고 내려와
산 고개 거쳐서
강줄기 건너오고 있을 거야

뜨거운 둘째 여름이 보낸 뒤
서늘한 셋째 도착하면
귀뚜르르-
환영 노래 불러 반기겠다고
귀뚜라미도 노래 연습 중인데

여유롭게 걸어오고 있는 가을이는
지금쯤
금강산 지나서
북한산 자락 뒤로하고
무등산 고개 중턱
넘어오는 중이겠지.

석류가 익었어요

파란 가을 하늘 올려다보며
풍선 부는 아이
빵빵한 두 볼

가득가득 머금고 있는
새콤달콤 빨간 새콤이 과자

살짝 벌어진 입속에서
금방
떨어질 것만 같다.

가을을 줍다

뙤약볕에 달궈진 열기
듬뿍 받아들여
노릇노릇 울긋불긋
색깔 물결 출렁거리게 만든
부지런한 엄마 손길

황금 과일 따기 바쁘게
차곡차곡
풍성하게 채워진 자루

겨울 먹거리 준비한 가족들
활짝 핀 웃음꽃 얼굴로
튼실하게 여문 가을을 줍고 있다.

회오리 감자

여럿이 한 축대에 매달려
동글동글
감아 올린 회오리 날개

뱅글뱅글 뱅그르르
돌아가는 바람개비 되었다

팔랑거린 동글이 감자
아이들 입속으로
쏙쏙 빨려 들어간다.

모과

할아버지가 심어 가꾼 모과나무

연두색 풍선
주렁주렁 매달았다

달콤한 효소로 변신하여
겨울 추위 털어 내고
감기 바이러스 막아 줄 준비 하느라
한참 동안 바쁘다

탐스럽게 자란
모과 열매 쳐다보며
허허허 웃고 있는 할아버지
둘이 서로 닮았다.

텃밭 아리랑

일 년 내내
이야기 품어 내는 텃밭

늦가을 햇살 받아
김장배추 무 당근 파 생강
몸무게 불어나고

익어 가는 빨간 감
조랑조랑 매달린 아기 사과
리듬에 맞춰 흔들거린 붉은 대추

풍성한 텃밭엔
덩실대는 어깨춤이 출렁거린다.

당근

땅속에 숨어서
온몸을 빨갛게 물들인 당근

좋아할 친구 앞에
멋진 모습 드러낸다

있는 힘껏 노력한 보람으로
달콤한 맛 아삭이로 변신했다.

다람쥐처럼 산다

숲이 가까운 전원 마을

쪼르르
나무 풀 사이로
달려 내려온 다람쥐

알밤 잣 열매 나눠 주면
은근슬쩍 몰래 와서 먹는다

가만가만 뒤쫓아 가면
다다닥
잽싸게 숨어 버린 날쌘돌이

달리기도 따라 하고
나무에도 오르면서
슬쩍슬쩍
가까이 가까이 다가가
눈치껏 마음 주고받는다.

초록 장미

가을 햇살 머물러 있는
텃밭 두둑

길게 줄 맞춰 서서
통통하게 속이 들어찬
김장배추 포기

겹겹으로 피어난 배춧잎들
초록 장미꽃 되어 웃는다.

등대

풀밭에서 노래하던 여치
엄마 찾아가는 길

노랗게 익은 참외
암호 보낸다

-어두워서 힘들 땐
 내 신호등 보면서 가거라

걱정하던 여치
노란 참외 등대 빛이 반갑다.

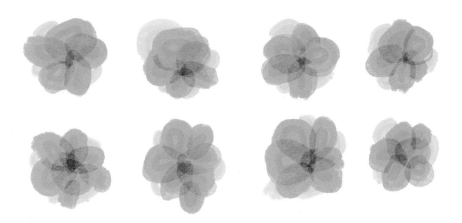

효자 꽃

텃밭 귀퉁이에
활짝 웃고 있는 엉겅퀴꽃

보랏빛 꽃송이
모둠으로 피어나
반갑게 손짓하면서
약이 되는 기쁜 소식 전하고 있습니다

엉겅퀴꽃 확인한 후
정성껏 캐다가
아픈 엄마 갖다 드리면
활짝 반기며 꽃이 된 표정

불편한 몸 낫게 하는 엉겅퀴
아들을 효자로 만든 꽃입니다.

우주 냄새

구름보다 더 멀리
바람도 달려갈 수 없는 우주엔
무슨 냄새가 살고 있을까?

해와 달과 별에서 나는 냄새
우주선에서 뿜어 낸 냄새

달콤 쌉쌀한 초콜릿 매연까지
뒤범벅된 냄새가 살고 있다면
얼마나 힘들겠어

먼저
은하수 강가에 꽃을 가꾸고

초록 텃밭 싱싱한 채소
향긋한 꽃향기 올려보내면
우주에도
상큼한 냄새 살게 될 것 같아.

달샘 집

뒷산 풀숲 아래
맑은 물 퐁퐁 솟는 작은 옹달샘

새들도 다람쥐도 잠이 들어서
아무도 기웃거리지 않는
편안한 쉼터

밤새도록
하늘 멀리 걸어가느라
다리 아픈 달님
마음 놓고 들어와
조용히 숨 고르기 하며
살짝 쉬었다 가는 달님의 집.

고구마

땅속 나라에서만 즐기는
새끼줄 기차놀이

운전한 방향키 그대로
뒤따라 이어 가는 아이들

초록 줄기 걷어 내면
그제야
졸랑졸랑
모습 드러낸
크고 작은 땅속 아이들

신나게 즐긴 기차놀이 아이들
달달한 먹거리로 변신했다.

색깔 놀이 즐기는 가을

주렁주렁
텃밭 가에서
영글어 가는 열매들
가을은
노랑 빨강 갈색 보라…
갖가지 예쁜 색깔로 말을 한다

지나가는 바람이 기웃 들여다보고
물감 놀이에 슬쩍 빠져
푸른 하늘 흰 구름까지 불러들여
까르르 사각사각 같이 놀고 있다.

4부
얼음땡 꽁꽁이 겨울

겨울 대장

찬 바람
눈 폭탄
거뜬하게 이기고 서 있는
마늘 싹

털옷도 안 입었는데
모자랑 마스크도 없는데
겨울 텃밭 지키고 있는 걸 보면
벌벌 떨고 있는 초록이들에게
참을성 가르쳐 준 대장이다.

양파

친구들이 떠난 겨울 텃밭
꿋꿋하게
자리 지키고 있는 양파

녹색 이파리 조금씩 밀어 올려
포근한 외투 만들었다.

한겨울에 핀 민들레꽃

어쩌다가 시멘트 길과 텃밭 사이
비좁은 틈새에 빠져들어
겨우겨우 뒤늦게 눈을 뜬 민들레 씨앗

너무너무 춥고 무서워 떨고 있다가
겨우 어렵게 싹을 틔웠지만
키 늘릴 생각조차 하지 못하고
이파리마저 달아 낼 수 없었다

틈 사이 비집고 들어온 햇빛 한 줄기
너무 반가워
있는 힘껏 디밀어 올린 꽃대
아주아주 작은 꽃 한 송이 피워 냈다

민들레 노란 꽃 발견한 유치원 어린이
깜짝 놀란 눈으로 신기한 듯 반긴다

들여다보고 기뻐하는 마음
너무도 사랑스러워

추위 고통 속에서 꽃 피워 낸 보람
잊지 못할 추억임을 자랑스러워한다.

연립주택

집 짓기 좋아한 쪽파
땅속에 내려오면
1층짜리 연립주택을 짓는다
욕심이 많아서
옆으로만 넓혀 가는 모둠 집

서로 울타리가 되어
다닥다닥 붙어 사는 식구들에게
한겨울 추위 이겨 낸 지혜
가르쳐 주고 싶었나 보다.

상추

방아깨비 날개처럼
연한 이파리

철 따라 조금씩 단단해지면서
사계절 내내
식탁 손님으로 환영받는다

초록 물감 겹겹이
진하게 덧씌워
눈발 휘날려도 끄떡없이
겨울 추위 이겨 낸 상추

끈기 부족한 아이에게
고마운 겨울이다.

장갑

손 시릴 땐 폭신한 털옷
빨래할 땐 물 새어 들지 않는 고무 옷
흙밭 농사일할 땐 코팅 옷
위험한 기계 사용할 땐 면 옷

일할 때마다
안심 도우미 되어 준 손의 옷

채소 가꾼 흙밭에서
자신감 주는 용기 옷 있어서
양손에 끼어 입고
흥얼흥얼 즐겁게 일한다.

안방 만들기

비닐 씌운 밭두둑
늦가을 햇볕 끌어안았다가
마늘이 자랄 집
포근한 안방 만들어 놓는다

동글동글
빼꼼하게 열린 문으로
마늘 씨 들어오면

촉촉한 거름흙이 기다린
포근한 안방에서
곱게 싹틔워 튼튼하게 자란 마늘

비어 있던 두둑이
조금씩 조금씩
초록으로 메꿔지고
따뜻한 방 안 온기
겨울을 이겨 내게 한다.

덮개

추위에 떨고 있는
겨울 텃밭 초록이들

하얀 눈이 내려와
패딩 옷 폭신한 덮개 만들어
씌워 주었다.

시금치

김밥 좋아하는 손자 위해
할머니 정성으로
씨앗 뿌려 가꾼 시금치

종종걸음 앞세워
바구니 들고 다가선
손자 사랑 할머니 반긴다

귀한 녹색 잎에
행복까지 채워 담아
기꺼이 내어 준 김밥 재료
뿌듯한 겨울 텃밭 주인공이다.

돌아올게

꿋꿋하고 씩씩하게 키 늘려
하얀 꽃 보라 꽃
아름답게 피워 올린 도라지

찬 바람 불어온 추위
더 이상 버틸 수 없었는지

코끝 간질인 짙은 향기
흙 속 뿌리 안에 숨기고
줄기와 헤어지던 날

봄이 되면
다시 돌아오겠다는 약속 남긴 채
긴 잠에 빠져들었다.

완두콩 싹

땅바닥에 꼭 붙어서
겨울 추위 이겨 낸 완두콩 싹

지나가던 바람이 안쓰럽게 들여다보며
―괜찮니?

하늘하늘 눈송이가 미안하게 내려앉아
―내가 보듬어 줄까?

걱정한 친구들에게
―조금만 참으면 곧 해님이 부를 거야

기죽지 않고
초록 잎 팔랑팔랑
야무지게 대답하는 완두콩 싹

그 틈에도
꼬부랑 연한 줄기
잽싸게 밀어 올린다.

꿈틀꿈틀

눈 폭탄 쏟아지던 날
꽁꽁 얼어붙어
정신 잃고 누워 버린 쪽파

영차, 영차!
물 택배 올려 보낸 잔털 뿌리

─어서 일어나 봐
 우리가 힘 모으고 있잖아

흔들어 깨운 소리 귀에 닿아
살며시
꿈틀꿈틀
눈 비비고 일어선다.

설날

1년 열두 달
달려가는 시간 앞에서
키우고 자라는 즐거움에
푹 빠져 있는
초록이 신호등

12월 31일
잠시
일단 멈추었다가

설날 아침이 되면
팔랑팔랑
새로 출발하는
녹색등 켠다.

엄마 품

−여긴 엄마 품처럼 포근하지?

김장 끝낸 텃밭
땅속에 묻어 놓은 무
서로 맞닿아 나란히 누워서
따뜻한 온기 나누고 있다

텃밭에서 자랄 땐
해님 엄마
주인님 엄마
달님 별님 엄마
포근한 사랑 많이 받았는데
지금은 서로서로 기대어
따뜻한 엄마 품
그리워하고 있다.

겨울 아기

땅속 뚫고 나온 완두콩 싹
처음 본 하늘 향해 기쁨 감추지 못한 건
11월 하순이었지요

겨우 이파리 두세 개 올라온 겨울 아기
이제부터 추위 이겨 낼 준비 서둘러야 한다고
단단히 일러 준 주인님 가르침대로
야무진 각오가 필요해요

뿌리 덮어 줄 흙 한 줌
몸 온도 높여 줄 햇볕 난로
이웃 안부 전해 줄 바람 전화기
촉촉하게 목 축여 줄 비와 눈
모두에게 감사합니다, 꾸벅 절하면서
꿋꿋하게 버티어 낼 에너지 충전할 거래요.

얼음땡 꽁꽁이 겨울

꽁꽁 얼어붙은 겨울 텃밭에서
오송송 떨고 있는 초록이

겨울은
양파, 마늘, 상추, 시금치…에게
꽁꽁이 떠날 날 알려 주려고
하루 종일
날짜 빼내기 셈하느라
목이 마르게 바쁘다.

초록이가 들려준 사계절 텃밭 이야기

자연은 텃밭으로 그림책을 만들어요. 하루도 쉬지 않고 1년에 4권이나 만든답니다.

봄 여름 가을 겨울!

사계절에 맞는 그림책이거든요. 아주아주 멋진 그림책을 우리 앞에 펼쳐 놓지요.

텃밭의 초록빛이 우리의 눈길을 사로잡을 때가 많아요. 그런데 어느 때는 텃밭 한쪽이 텅 비어 있기도 해요. 흙만 보일 때는 아무것도 없다고 생각하기 쉽지요.

아니에요. 텅 비어 있다는 말은 어울리지 않아요. 우리 눈에 보이지 않는다고 아무것도 없는 게 아니지요. 땅속에 감춰진 이야기를 우리가 찾아내지 못했을 뿐이에요.

봄이 올 때쯤이면 초록이들은 매우 바쁘지요. 땅속에서 잠자고 있는 씨앗들을 깨워야 하니까요. 돌 틈이나 한쪽 구석에서 깊은 잠에 빠져 있는 작은 풀씨까지 찾아내야 한대요.

그러니까 보송보송 싹 틔우기 좋은 흙만 찾아다니는 게 아니래요. 씨앗 뿌리기 좋은 두둑은 주인님이 알아서 하니까 상

관하지 않는다네요. 두둑 사이사이, 빈구석을 찾아가서 봄이
오고 있다는 걸 알려 주고 잠을 깨운답니다.

초록이가 데려온 봄을 반기는 텃밭 모습이 어떤지 상상해
보세요. 아마 친구를 만나는 것처럼 기뻐할 거예요. 고마운
초록이에게 손 한번 흔들어 주면 좋겠어요.

《초록이가 데리고 온 봄》의 동시를 읽으면서 남모르게 살
며시 일어서는 봄의 새싹들 이야기를 들어 봐요.

너
꼼지락거리는 거 다 봤어

기웃기웃
얼굴 내민 풀 찾아내
졸랑졸랑 데리고 나온 초록이

봄은
텃밭 구석구석에서부터
몰래 살짝
슬그머니 일어서고 있다.

-'초록이가 데리고 온 봄'

봄에 제일 많이 하는 일은 씨앗 뿌리기와 모종 심기예요.

초록이 식구들을 많이 만들기 위해서지요. 그래서 봄이 되면 주인들이 서둘러 텃밭에 나가 일을 하는 거래요.

씨앗 뿌리기는 3, 4월에 많이 해요. 우리가 매일 먹는 채소들이 기를 펴도록 하는 일이지요. 지난 늦가을에 뿌려 놓은 상추, 시금치는 이파리가 쏙쏙 올라오고 있어요. 쑥갓, 아욱, 대파, 도라지, 더덕 등 여러 가지 씨앗을 뿌리지요. 그리고 다양한 채소 모종을 옮겨 심는답니다. 호박, 가지, 토마토, 참외, 수박, 오이, 고추 모종을 심어요. 이런 일은 초록이 식구들을 초대하는 거래요.

그러니까 초록이는 혼자 똑똑한 것이 아니에요. 주인님이 힘을 내게 도와주고 용기를 북돋아 준 거랍니다. 초록이가 쑥쑥 자라면 텃밭 식구들이 자꾸 불어나요. 살랑살랑 바람이 기뻐하고 해님도 응원해 주고요. 구름도 기웃기웃 들여다본답니다.

'모종 심기'를 읽어 보면서 이사 온 새싹들 표정을 상상해 볼까요. 초록 이파리들의 웃음소리도 들어 보면서요. 반가운 만남이 이루어지는 텃밭이네요.

봄꽃 피는 4월
텃밭으로 이사 온 모종들

크기도 모양도 다르지만
뿌리내려 살 곳
어렵게 찾아온 채소들

-그래, 잘 왔어

너그럽게 반기며
집 내어 준 텃밭

다독다독 심고 있는 손끝에서
꿈틀거린 초록 이파리
웃음소리가 들린다.

-'모종 심기'

봄은 혼자 오지 않는대요. 훈훈한 바람을 앞세운답니다. 새
들도 바람을 따라 날지요. 우리가 봄이 오는 것을 알아차리지
못할까 봐 초록이를 일으켜 세운대요. 크고 작은 씨앗의 눈을
뜨게 하는 거예요. 잠에서 깨어난 초록이들에게 쭈욱 쭉 기지
개를 켜게 한답니다. 기지개를 켜는 순간 어떻게 달라질까요?
 초록 잎들이 깃발처럼 나부껴요. 들여다볼수록 예쁜 깃발들
은 모두에게 반가운 친구가 되는 거예요. 초록이는 봄을 따라
달라진 첫 번째 그림을 우리에게 보여 주려고 노력한답니다.

"초록아, 고마워!"

끄덕끄덕 고개를 흔들며 좋아하는 모습을 '쭉쭉이'에서 만나 볼까요.

씨앗 열어 눈을 뜬 초록이
흙집 뚫고 나와
쭈―욱 쭉
기지개 켠다

하루가 다르게
키 늘려 가면서
줄기 따라 생긴 매듭
마디마디 새잎 불러내어
초록 깃발 매달아 놓는다

어느새
눈 마주친 쭉쭉이
들여다볼수록 예쁘다.

―'쭉쭉이'

이번에는 텃밭이 보여 준 두 번째 그림책 여름이를 펼쳐 보도록 해요. 여름이란 말을 들으면 "아이 더워." 하면서 손

부채 부치는 모습이 먼저 떠오르지요. 그런데 아무리 덥다고 해도 시원한 그늘을 만들어 주는 나무가 있어요. 그리고 더위를 단번에 날려 버릴 물놀이도 있잖아요.

텃밭에도 물놀이를 즐기는 친구들이 있어요. 장마가 비를 뿌려 줘서 가능한 일이지요. 고랑에 고인 웅덩이 물에서 물장구치는 벌레들이 있거든요. 신나는 여름이가 물장구치고 노는 모습을 동시 '물장구치고 있는 여름'에서 만나 봐요.

어느새
초록 이파리 쑥쑥
기운차게 올라온 텃밭

신이 난 여름이

장마에 고인 웅덩이 물에서
비단벌레
달팽이까지 불러내
찰방찰방
물장구치고 있다.

−'물장구치고 있는 여름'

여름엔 과일이 우리 눈을 끌어들이고 침을 고이게 하지요.

텃밭에는 맛있는 과일들이 자라고 있답니다. 빨갛게 익은 방울토마토와 단물 나는 수박, 아삭이 참외가 자꾸자꾸 손짓을 하지요.

  이파리가 덮고 있어서 얼른 보면 잘 보이지 않아요. 그런데 이파리 아래에는 살짝 숨어 있는 방울토마토들이 아주 많아요. 손을 내밀어 악수 인사만 하면 맛있는 방울토마토를 내어 줘요. '방울이'를 읽고 달콤한 맛에 빠져 보아요.

> 빨갛게 익은 방울이
> 딸랑딸랑
> 눈 맞추며 손짓한다
>
> 초록 잎이 가로막아도
> 먹음직스럽게 모습 드러낸
> 송알송알 방울토마토
>
> 손 내밀어
> 악수 인사 먼저 하고 나서
> 입안으로 쏘옥
> 맛 자랑에 빠져든다.
>
> -'방울이'

  텃밭 공간이 잠깐 놀이터가 되었어요. 초록이가 사는 곳

앞쪽이 비어 있거든요. 지붕이 있어서 그늘도 만들어 주고 있어요. 이런 놀이터에서 체험학습을 하면 정말 재미있어요. 동생하고 같이하면 더욱 신이 난답니다.

이런 게임은 할머니가 생각해 낸 것이에요. 그러니까 심판은 당연히 할머니가 맡아야지요. 텃밭에 열려 있는 초록이와 열매들을 따 오는 게임이 시작되면 서로 먼저 달려가요. 해님이랑 구름에게 웃음소리 전달하면서요. 나뭇가지에 앉아 구경하고 있는 새들도 열심히 응원을 해요.

'채소 따 오기 놀이'를 읽고 상상 놀이를 해 볼까요.

텃밭 놀이터에서
숫자에 맞게 채소 따 오기
게임을 한다

방울토마토 5개
상추 이파리 4개
오이 1개
가지는 2개

내가 먼저
오빠가 먼저

네 번씩이나 왔다 갔다

서둘러 달리는 동안

하하하 호호호

웃음소리가 제일 먼저
심판 점수 매기고 있다.

　　-'채소 따 오기 놀이'

　이번에는 가을이와 함께 세 번째 그림책을 열어 볼까요.
　가을이는 텃밭에서 마술처럼 색깔 놀이를 즐겨요. 열매들
을 익히면서 만들어 낸 색깔을 우리에게 보여 주고 싶어 한답
니다.
　빨갛게 익은 고추, 노랗게 익은 호박, 주렁주렁 달린 보라
색 가지, 붉은 고구마, 갈색 자소엽 그리고 생강과 토란, 나무
에서 익어 가는 감, 대추도 있어요. 아주 많은 색깔 놀이에 푹
빠져 시간 가는 줄 몰라요. 해님이 웃고 있는 것도 눈치채지
못할 정도지요. 흰 구름 닮은 양배추 색깔까지 다 모았네요.
　'색깔 놀이 즐기는 가을'을 읽고 색깔 놀이에 슬쩍 젖어 볼
까요.

　　주렁주렁
　　텃밭 가에서

영글어 가는 열매들

가을은
노랑 빨강 갈색 보라…
갖가지 예쁜 색깔로 말을 한다

지나가는 바람이 기웃 들여다보고
물감 놀이에 슬쩍 빠져
푸른 하늘 흰 구름까지 불러들여
까르르 사각사각 같이 놀고 있다.

-'색깔 놀이 즐기는 가을'

　가을은 자연이 풍성하고 넉넉해질 때예요. 눈을 들어 주변을 살펴보면 곱고 아름답고 군침을 돌게 하는 것들이 너무 많아요. 열매들이 주렁주렁 달려 있고 단풍잎이 고운 색깔 옷을 입었거든요. 재미나고 즐겁게 보람을 안겨 준 가을이는 마음이 참 넓은가 봐요. 모두가 서로서로 기쁨을 나누도록 부자로 만들어 주잖아요. 그러니까 바쁘게 움직일 수밖에 없겠어요. 작은 풀씨까지 멀리 보내 주느라 바람과 새들에게 택배 심부름을 시키기도 해요. 몸무게가 불어나고 리듬이 살아나 덩실덩실 어깨춤을 추는 텃밭 모습이 떠오르네요.
　'텃밭 아리랑'을 읽고 흥겨운 가을 이야기에 귀를 쫑긋 열어 볼까요.

일 년 내내
이야기 품어 내는 텃밭

늦가을 햇살 받아
김장배추, 무, 당근, 파, 생강
몸무게 불어나고

익어 가는 빨간 감
조랑조랑 매달린 아기 사과
리듬에 맞춰 흔들거린 붉은 대추

풍성한 텃밭엔
덩실대는 어깨춤이 출렁거린다.

-'텃밭 아리랑'

이제 초록이는 겨울 준비를 서둘러야 해요. 초록이가 서두른 겨울 준비는 텃밭에 안방을 만드는 거예요. 마늘이랑 양파가 추위를 이겨 낼 비닐 집이랍니다. 비닐 집은 꼼꼼한 손작업이 필요하지요. 먼저 거름흙을 뿌려 놓고 며칠을 기다려야해요. 그런 다음에는 푹신한 두둑을 만들어요. 그리고 동그라미 구멍이 뚫린 비닐로 덮어 줘요. 이 구멍은 빼꼼하게 열린 비닐 문이 되는 거예요.

비닐로 덮어 준 두둑은 따뜻한 햇볕 열을 품을 수 있게 되지요. 준비가 되면 비닐 문을 열고 마늘 씨를 심어요. 며칠 동안 기다리면 마늘 싹이 돋아나요. 따뜻한 방 안 온도에 적응한 초록이가 모습을 드러낸 것이지요. 초록이는 이제 아무리 추운 겨울이 와도 꿋꿋하게 자라날 거예요. 이때쯤 마늘 친구 양파 모종도 심지요. 겨울 텃밭을 지키는 두 친구가 자랑스러워요.

'안방 만들기'를 읽고 겨울 텃밭을 포근하게 해 주는 초록이의 안방을 구경해 보아요.

비닐 씌운 밭두둑
늦가을 햇볕 끌어안았다가
마늘이 자랄 집
포근한 안방 만들어 놓는다

동글동글
빼꼼하게 열린 문으로
마늘 씨 들어오면

촉촉한 거름흙이 기다린
포근한 안방에서

곱게 싹틔워 튼튼하게 자란 마늘

비어 있던 두둑이
조금씩 조금씩
초록으로 메꿔지고
따뜻한 방 안 온기
겨울을 이겨 내게 한다.

-'안방 만들기'

자연이 펼쳐 준 네 번째 그림책을 열어 볼게요.

겨울을 생각하면 "아이, 추워." 하면서 나도 모르게 몸이 움츠러들어요. 그래서 두툼한 옷을 입고 장갑도 끼고 모자도 쓰고 털 신발로 무장을 하게 되거든요.

초록이는 추운 날 텃밭을 어떻게 지키고 있을까요? 겨울이가 도와주고 있답니다. 초록이가 춥다고 칭얼대지 않도록 보호해 줘야 하는 거예요. 하루빨리 추위가 떠나가기를 바라는 마음으로 날짜 빼내기 셈부터 하지요. 초록이가 얼어서 못 일어날까 봐 12월과 1월이 제일 걱정이랍니다. 얼음땡 꽁꽁이가 빨리 지나가기를 간절하게 바라는 거지요. 목이 마르게 바삐 움직이면서요.

초록이는 겨울이의 이런 모습에 용기를 얻어 땅속에서부터

차근차근 힘을 저축한답니다. 눈에 안 보여도 할 일은 척척 씩씩하게 잘하는 것이지요.

'얼음땡 꽁꽁이 겨울'을 읽고 초록이에게 응원을 보내 주세요. 잘 견디라고요.

꽁꽁 얼어붙은 겨울 텃밭에서
오송송 떨고 있는 초록이

겨울은
양파 마늘 상추 시금치에게
꽁꽁이 떠날 날 알려 주려고
하루 종일
날짜 빼내기 셈하느라
목이 마르게 바쁘다.

–'얼음땡 꽁꽁이 겨울'

쪽파는 작은 막대 이파리를 가졌어요. 줄기가 없어서 힘도 없고 튼튼하지 못해요. 그래서 추위를 무서워하지만 지지는 않아요. 어떻게 추위를 이겨 내느냐고요. 엄마를 떠올린대요. 혼자서는 도저히 버티지 못한다는 것을 엄마는 벌써 알고 있었어요. 그래서 항상 똘똘 뭉치라고 가르쳤지요. 땅속에서 버팀이가 되어 준 잔뿌리에게 타일렀어요. 서로 단단하게 힘을 합쳐야 살 수 있다는 걸 깨닫게 해 준 거랍니다.

쪽파는 땅속 잔뿌리들이 아주 굳게 뭉쳐 있어요. 이파리가 눈 폭탄을 이기지 못해 누렇게 정신을 잃을 때도 끝까지 붙들고 있어요. 그러면서 물 택배를 계속해서 올려 보내지요. 가느다랗고 누런 이파리가 꿈틀거릴 때까지 결코 손을 놓지 않아요. 그런 방법으로 강한 추위를 이겨 낸답니다.

쪽파는 겨울이 떠날 끝자락에서 드디어 눈을 비비고 일어났어요.

"만세, 만세!"

두 손 높이 들어 칭찬해 주고 싶어요.

'꿈틀꿈틀'을 읽고 초록이로 일어선 쪽파에게 용기를 주면 좋겠어요.

눈 폭탄 쏟아지던 날
꽁꽁 얼어붙어
정신 잃고 누워 버린 쪽파

영차, 영차!
물 택배 올려 보낸 잔털 뿌리

-어서 일어나 봐
우리가 힘 모으고 있잖아

흔들어 깨운 소리 귀에 닿아
살며시
꿈틀꿈틀
눈 비비고 일어선다.

－'꿈틀꿈틀'

초록이가 들려준 사계절 이야기 잘 들어 보았지요. 4권의 그림책을 펼쳐 본 것처럼 재미있었나요?

초록이가 들려줄 이야기는 아직도 많이 남아 있어요. 날마다 들려주고도 이야기를 더 들려주고 싶어서 가까이 다가선 발걸음을 기다린대요.

동시집 《초록이가 사는 텃밭》을 읽으면 초록이 이야기가 들릴 거예요. 텃밭을 지나갈 때 눈으로 보면서 이야기를 확인해 보면 알게 된답니다.

산에도 들에도 작은 흙밭에도 초록이 이야기는 이어진답니다. 초록이에게 조금 더 관심을 가지고 텃밭 식구들을 살펴보면 좋겠어요.

아름다운 자연과 친구가 되면 자연을 사랑하는 마음이 점점 커질 거예요. 그러면 싱그러운 기쁨이 온 세상을 초록으로 물들게 할 것 같아요.

동시 노트
−낭송하고 싶은 동시를 적어 보세요.